AF459971

1906 Juin 8

177

ATELIER

Eugène Carrière

Me PAUL CHEVALLIER

MM. BERNHEIM JEUNE

ŒUVRES
OFFERTES EN HOMMAGE

PAR DES ARTISTES AMIS

à la mémoire d'Eugène Carrière

BESNARD
(ALBERT)

1. — Carton-étude pour le tableau intitulé : *La Sirène*, ayant figuré à l'Exposition de 1889 et placé depuis cette époque au Musée de Copenhague.

BLANCHE
(JACQUES-ÉMILE)

2. — Bon pour un portrait d'homme ou d'enfant (à être exécuté à Paris).

DENIS
(MAURICE)

3. — Un tableau.

CAROLUS-DURAN

4. — Etude.

CÉZANNE

5. — Paysage.

COTTET

(CHARLES)

6. — Côtes bretonnes (toile).

(Haut., 55 cent.; larg., 45 cent.)

LEBOURG

(ALBERT)

7. — Paysage.

LHERMITTE

(LÉON)

8. — Etude (pastel).

MÉNARD

(RENÉ)

9. — Mer calme (pastel).

MONET

(CLAUDE)

10. — Paysage.

RENOIR

11. — Tête de femme.

ROLL

12. — Pastel.

(Haut., 1m15 ; larg., 1m17.)

SIMON

(LUCIEN)

13. — Femme de Pont-l'Abbé (aquarelle).

ŒUVRES AYANT APPARTENU A EUGÈNE CARRIÈRE

PUVIS DE CHAVANNES

14. — Dessin.

DELACROIX

(EUGÈNE)

15. — Dessin (provenant de la vente de l'atelier Delacroix).

GAUGUIN

16. — Portrait de l'artiste (pastel).

LEROLLE

17. — Figure d'homme (étude de nu).

DALOU

18. — Femme nue (terre cuite).

DALOU

19. — Torse de femme (plâtre).

RODIN

20. — Tête de femme (plâtre).

Œuvre ajoutée à la vente après tirage du catalogue.

21. — TÊTE DE FEMME. — Peinture sur faïence, par Eugène Carrière (1882), figure traitée dans une jolie gamme de blonds tendres.

ATELIER
Eugène Carrière

CONDITIONS DE LA VENTE

La Vente sera faite au comptant.

Les acquéreurs paieront *dix pour cent* en sus des enchères.

Sur toutes les toiles qui ne portent pas la signature autographe d'Eugène Carrière, a été apposé un cachet reproduisant cette signature.

ATELIER
Eugène Carrière

CATALOGUE

DE

Quatre-vingt-dix-neuf Œuvres

QUI SERONT VENDUES A PARIS

HOTEL DROUOT, SALLES 9, 10 & 11

le Vendredi 8 Juin 1906, à 2 heures

COMMISSAIRE-PRISEUR

Me PAUL CHEVALLIER

10, rue de la Grange-Batelière

EXPERTS

MM. BERNHEIM JEUNE, Experts près la Cour d'Appel

1, RUE SCRIBE

36, Avenue de l'Opéra — 15, Rue Richepanse

EXPOSITIONS :

Particulière : Le Mercredi 6 Juin 1906, de 1 h. 1/2 a 5 h. 1/2

Publique : Le Jeudi 7 Juin 1906, de 1 h. 1/2 a 5 h. 1/2

Entrée par la Rue Grange-Batelière

L'émotion causée par la mort de Carrière a été douloureuse et profonde. On a pleuré non seulement la disparition d'un glorieux artiste, d'un maître incontesté, mais aussi celle d'un grand cœur et d'une conscience exemplaire.

Carrière avait au front la triple auréole du génie, du courage et de la bonté. La bonté ne fut-elle pas d'ailleurs la source pure, limpide et toujours jaillissante où s'abreuvaient les ardeurs de son génie ?

Au moment de s'endormir du grand sommeil, il murmura faiblement, de sa voix brisée par la souffrance : « Aimez vous avec frénésie ».

Ce furent ses dernières paroles. Penchés sur le mourant, sa femme, ses enfants, tous ces êtres chéris dont il éternisa si souvent les traits, les recueillirent avec son dernier souffle.

Conseil suprême où se résument tous les élans de cette âme faite de lumière et de bonté, et toujours largement ouverte aux pensées les plus hautes et les plus généreuses.

Un jour prochain le peuple des humbles et des déshérités qu'il aima tant, le connaîtra tout entier par la splendeur émouvante de ses écrits, aussi beaux que ses tableaux, et s'inclinera devant sa haute et sereine image, comme le feront les artistes de toutes les écoles et de tous les temps, devant le souvenir du peintre incomparable et immortel de la vie du cœur.

ARMAND DAYOT.

Mars 1906.

Un des peintres les plus originaux et un des plus profonds artistes de notre époque, Eugène Carrière, vient de mourir dans des circonstances particulièrement douloureuses, d'une atrocité spéciale. Ah ! que la gloire se paye cher ! Cet homme qui était admiré de tout ce qu'il y a de raffiné dans notre pays, de tout ce qu'il y a d'informé dans les pays civilisés, ce penseur que l'on consultait, cet homme éblouissant de bonne humeur et de force, que l'on aimait approcher, ce peintre un peu mystérieux, mais très puissant, qui livrait au bout de quelques minutes d'examen attentif, toule sa belle, sa noble et grave conception de la vie, a été saisi en pleine gloire, traîtreusement, à la gorge, pour la deuxième fois, par la mort, qu'il ne craignait point, étant un sage, mais qui semblait, elle, lui en vouloir, se sentant méprisée par lui, puisque ses œuvres vivront.

Déjà, il y a trois ans, Eugène Carrière, opéré avec un merveilleux dévouement par le savant chirurgien Faure, assisté pieusement de notre confrère le docteur Elie Faure, et sous l'attentive surveillance de l'illustre Metchnikoff, avait échappé à la plus cruelle fin. Pendant ces trois années encore, il fut merveilleux d'activité et d'inspiration... Et puis la récidive redoutée, inévitable, que l'on espérait enfin éviter, se produisit. On sait le reste ; — et on dit ce mot qui signifie tout : « C'est la vie ! »...

Il faut avoir suivi attentivement l'évolution de cet homme exceptionnel, la marche constante de cet artiste pensant, pour bien comprendre la place que le peintre occupe et l'exemple que le combattant a donné. Il faut, pour connaître tout ce que cette œuvre contient de volonté et d'amour, avoir vu cette modeste, vaillante et gaie vie familiale des débuts, dans l'impasse Hélène, quand il n'y avait pas beaucoup de sous à la maison pour nourrir les petits (qui étaient les ravissants et émouvants modèles); quand Carrière se trouvait tout heureux de vendre dix ou quinze louis à Devillez ou à Jean Dolent quelque belle peinture aujourd'hui inappréciable. Que de choses délicates et vraies sortirent alors de ce pinceau qui était trempé dans les gris teintés de Vélazquez, sans que le débutant connût l'ancêtre, mais uniquement par affinités de tempéraments et de génies !

Le *Portrait de Devillez*, le bon et attentif sculpteur belge, et *les Dévideuses* commencèrent auprès des regardeurs avisés la réputation d'Eugène Carrière. Vinrent ensuite *le Premier voile*, cette belle œuvre qui est maintenant au musée d'Avignon ; puis l'étonnante *Maternité* qui est l'orgueil de la collection Moreau-Nélaton. La belle, aimante et pénétrante peinture! Quelle matière suave et riche! Quel merveilleux et touchant enlacement de lignes! Quelle intensité de sentiment vrai, d'amour maternel et d'amour enfantin!

Puis vinrent encore cette *Famille* et ce *Baiser maternel* qui sont au Luxembourg (j'allais par inadvertance écrire au Louvre); puis des chefs-d'œuvre coulèrent, on peut dire à torrents. Ce fut l'exposition inoubliée de chez Goupil, boulevard Montmartre, par l'initiative avisée et entraînante de Maurice Joyant; puis l'exposition inoubliable de chez Bernheim jeune il y a trois ans. On vit là le grand dessinateur et le grand peintre; le portraitiste des sentiments inaltérables qui font la raison et la consolation de la vie et le raconteur des visages humains, beaux à voir (même s'ils sont laids) lorsqu'ils reflètent l'intelligence et trahissent la bonté. Jean Dolent, Gabriel Séailles, Metchnikoff, Anatole France, Reclus, Goncourt, Alphonse Daudet, Clemenceau, Verlaine, Rochefort, Gorodischze; quantité de femme gracieuses, d'enfants choyés, d'hommes dévorés d'idéal, prirent place dans cette galerie exceptionnelle...

C'est, hélas! quand la mort donne l'occasion de jeter un coup d'œil en arrière que la grandeur de tels hommes apparaît. Le portraitiste, le peintre des intimités humaines, des enfances bégayantes et si éloquentes, l'interprète attentif qui ne fit aucune concession en vue du succès et à qui le succès vint malgré cela ou plutôt à cause de cela, a laissé une œuvre variée et énorme. Elle subsistera malgré les critiques passionnées qui en furent faites aux heures de bataille.

Ces critiques, en somme, se bornèrent à reprocher à l'artiste de ne s'être pas attaché à rendre le relief et la couleur propre des choses. Mais ce sont des éléments dont il est également permis au peintre de tenir compte ou de faire l'élimination. Sans cela, on pourrait reprocher aux eaux-fortes de Rembrandt et aux dessins de Prud'hon de n'être pas coloriés. Que dis-je ? Nous admirons tel Ribera enfumé, tel Vélazquez uniquement vêtu d'argent, qui n'ont guère plus de couleur que les œuvres de Carrière. En art, la couleur souvent s'altère et s'évapore : le sentiment seul persiste. L'on vantait, lorsqu'elle parut aux yeux, l'incarnat des joues et la pulpe de fleur des lèvres de la Joconde...

Mais voilà Carrière disparu. Il ne sera plus discuté. Mais ceux qui furent ses amis ceux qui le virent faire la conquête de la célébrité, la conquête plus belle encore de sa pensée et des moyens expressifs de son rêve, ceux qui le virent lutter et triompher naguère par la santé et la bonne humeur (la santé la plus traîtresse et la bonne humeur réservée à une fin inhumaine), en garderont au cœur une grande tristesse. Quant à ceux qui viendront après nous, ou qui ne connurent point cet homme exceptionnel, exempts de cet amertume, ils puiseront dans son œuvre de hautes émotions, un profond amour de l'être humain et un grand espoir dans la pensée et dans la beauté.

Arsène Alexandre.

Le Figaro.

Parmi les paroles de Carrière recueillies par Jean Dolent :

— Ce n'est pas l'art pour l'art qui est méprisable, c'est le métier pour le métier.

— Eugène Carrière à Puvis de Chavannes : — Je vois, vous regardez le ciel et le ruisseau.

— Oui.

— Corot, c'est la symphonie de la vision.

— La vérité est une découverte.

A un jeune peintre qui dessinait une servante se lavant les mains :

— Songez à ce que ce serait statue !

Il n'y a pas, en peinture, l'égal en beauté de la *Victoire de Samothrace.*

— Je ne juge pas un homme, je le dessine.

— Il y a chez Rodin une faible copie de Rembrandt qu'il trouve belle. Ce n'est pas la copie qu'il voit...

On attaquait un grand statuaire, l'homme, Carrière dit :

— Si l'homme était de fer, l'humanité serait une grille.

Carrière dégagé, enfin libre, ravi :

— Je ne sais plus dessiner...

AMOUREUX D'ART (1888)

(*Puvis de Chavannes, Gustave Moreau, Rodin, Carrière.*)

. . . .

« Eugène Carrière compose du premier au dernier coup de pinceau, cherche des accords dans la nature et fort de son pouvoir d'affirmer ce qu'il aime, il produit ! En évolution toujours, le peintre croit à ce qu'il va dire, il n'y croit déjà plus pleinement quand il le dit. Carrière exprime ce que je sens, il montre l'objet même de mes constantes tendresses : des Réalités ayant la magie du Rêve !... »

MONSTRES (1896)

« Le dessin de Carrière, la mimique sacrée du mystère. »

. . . .

« Je vois Carrière dessiner. Le crayon pèse fortement sur le papier qu'il ne quitte pas ; le trait s'allonge, s'arrondit en courbes molles, et le corps entraîné suit le mouvement de la main, se projette, s'efface ; la tête se penche, se redresse, et le dessin s'achève dans un silence d'inquiétude et d'espoir. »

JEAN DOLENT.

Chers Camarades,

Parmi tant de louanges que recevra le grand artiste, ma louange absente ne fera de tort qu'à moi. Je me serais, en effet, honoré en exprimant mon admiration pour un génie plein de bonté. Et si je dis que le génie de Carrière est bon, j'entends ce mot de bonté dans un sens profondément humain et pourtant nouveau, avec une acception de mâle douceur et de sage bienfaisance.

Mais pour louer dignement une grande œuvre, il faut s'y prendre simplement, et égaler, s'il est possible, le naturel de l'expression au naturel de la pensée.

Si j'avais pu m'asseoir à votre table, j'aurais dit à Carrière :

Vous vous êtes appliqué à votre art avec une probité sévère et un ardent amour. Vous avez mis votre esprit et votre cœur à devenir un bon peintre. Vous avez copié avec une affectueuse patience, avec une souple obstination, les formes de la vie qui vous entouraient, dans le cercle d'une existence modeste et tranquille, et pénétré de ces formes, de ces apparences, nourri des aspects d'une vie simple et bonne, vous avez pénétré, vous avez exprimé des émotions que personne avant vous n'avait fixées sur la toile. Vous avez créé une beauté nouvelle, une beauté à la fois auguste et domestique, pathétique et familière, et d'une grandeur intime. Et comme vous saviez que nécessairement l'expression dans toute œuvre d'art dépend de la technique et des moyens d'exécution, votre technique, votre faire se sont sans cesse perfectionnés et simplifiés à mesure que votre sensibilité devant la vie devenait plus pénétrante et plus exquise.

Vous avez su trouver sur la toile, dans l'unité d'un gris blond, une richesse infinie de tons harmonieux et, dans une lumière habilement ménagée, cette succession de plans profonds et sûrs, qui fait que Rodin s'écrie devant vos toiles : « Carrière aussi est sculpteur ! »

C'est parce que vous savez construire que vous pouvez envelopper ; c'est parce que vous établissez la forme solidement que vous pouvez y jeter des voiles à votre gré, c'est parce que vous avez le dessin et la couleur que vous pouvez avoir encore le vague et le gris. Mais d'où vient, Carrière, d'où vient que ce vague et ce gris expriment sous votre main une pitié infinie, une tendresse immense qui nous troublent si profondément ? D'où vient que, en revêtant la nature de ce vague et de ce gris, vous nous la rendez si touchante et si pieuse ? Il y a là un mystère profond, sacré, le mystère de votre génie, le mystère de votre pensée.

Vous mettez un beau métier, un bel art au service d'une belle pensée, d'une pensée héroïque et tendre. Tous ceux qui vous connaissent le savent : il n'y a pas d'âme plus douce, plus pure, plus haute que la vôtre et cette âme se reflète dans toute votre œuvre.

Anatole France.

Extrait de *Vers les Temps meilleurs*, par Anatole France. — Edouard Pelletan, éditeur.

L'Atelier vide.

C'est par une matinée pluvieuse que je pénétrai, naguère, dans l'atelier vide dont Eugène Carrière venait de franchir le seuil à tout jamais, sans un murmure contre sa destinée, et avec la stoïque résignation d'un sage qui se couche au tombeau, son œuvre faite.

Je n'étais jamais entré là.

Que de tels hommes vivent au milieu de nous et qu'ayant mesuré la hauteur de leur âme, découvert la rareté de leur exemple, nous ne provoquions pas plus tenacement, au défi de toutes les convenances, l'occasion de les approcher, de bénéficier du rayonnement de leur génie, voilà ce que je ne sais plus comprendre, voilà ce que je ne puis plus me pardonner. Il m'eût été, je crois, facile, autrefois, hier encore, de me faire présenter à Carrière et d'obtenir de sa bonté la faveur de venir — lorsque j'aurais aspiré vers une lecon d'humanité, — suivre par dessus son épaule la naissance et la réalisation de ces généreux enseignements qu'il résuma dans son souffle suprême : « Aimez-vous avec frénésie ! »

Pour avoir voulu trop respecter, depuis des années, une solitude que j'estimais propice à ses fécondes pensées, je me voyais donc, ce matin-là, pour la première fois, dans l'atelier où j'avais mission de composer la liste des œuvres réunies en ce recueil désormais célèbre : le catalogue de la vente Eugène Carrière.

On m'avait dit : « Allez, la porte est ouverte », et, passé cette porte, qu'il n'était plus nécessaire, en effet, de refermer sur la méditation du Maître absent, je sus gré au hasard qui me permettait de séjourner quelques instants, seul, dans son laboratoire d'idées, entre les murailles ennoblies de son labeur, devant la haute vitre d'où coulait sur les choses, largement, doucement, une lumière si conforme à la beauté grave et concentrée de cette œuvre, au silence de cette maison en deuil et, aussi, à la poignante tristesse qui pesait sur moi.

Tout alentour, c'étaient les toiles, en rangs pressés, en piles hautes, accotées aux meubles, calées aux degrés d'un escalier de soupente, jonchant le sol comme autant de feuilles chues, une à une, d'un arbre magnifique où courait une inépuisable sève et qui, élancé vers le soleil, couchait sur la terre une ombre bienfaisante.

Et, au-dessus de ces témoignages épars, j'imaginai, expressive et forte, douce et volontaire, la tête d'Eugène Carrière au travail, interrogeant la nature pour nous redire ce qu'elle a de meilleur, et la vie pour nous rappeler ce qu'elle a de plus impérieusement bon à dicter aux hommes.

Sur le chevalet, une *Maternité* inachevée, et du sol au plafond, des enfants, des jeunes filles, des jeunes femmes, des mères. Baignés de la même atmosphère psychique, tous ces être vivaient, tous survivaient à la main qui, en les modelant dans l'inerte matière, avait, sur leurs fronts, dans leurs yeux, à leurs gestes de caresses, attaché les reflets sensibles, les signes probants d'une universelle bonté.

Cependant, les minutes passaient, émues,

et d'un tel lieu de paix laborieuse, je ne pouvais me décider à rompre le recueillement muet en portant la main, pour les numéroter et les sérier, sur ces éloquentes pages de vérité où — peut-être — étaient inscrits, sous la forme plastique du tableau, les rites sacrés de quoi dépendent le bonheur et l'allégresse du monde. Mais voici que la pluie cessa de crépiter au vitrage et que, toute blonde d'abord, chaude ensuite et dorée, une flèche de soleil vint sur le chevalet nimber la *Maternité* devant laquelle s'était rompu le dernier pinceau.

Et la lumière d'en haut, peu à peu épanouie, s'élargit sur le tragique désordre des toiles, sur toute une foule vivante, vibrante, dont, soudain projetés hors de la pénombre, les visages redisaient maintenant, dans la joie de la clarté, le bonheur d'aimer, les abnégations de la douleur, les élans de la tendresse, et les perplexités de l'espoir, et le travail avec ses fièvres réconfortantes, enfin, toute la symphonie émouvante des passions et des devoirs humains, orchestrée selon les lois d'un contrepoint où les plus ardentes aspirations du cerveau répondaient harmonieusement aux plus généreuses pulsations du cœur.

Alors, je considérai devant moi le tableau connu sous le titre de : *La Peinture*, définitive synthèse de tout un passé d'études, de recherches glorieuses et de pacifiques conquêtes sur la vérité, l'œuvre bien aimée du Maître, celle où il posait son regard, souvent, avant de saisir la palette.

Et devant ce poème en action où la beauté se met au service de la bonté, près de cette toile qui les résume toutes, dans ce vaste atelier mort où tout chantait l'acte de foi en la Vie, cruelle ou bienveillante, je pris plus que jamais conscience de ce que le génie d'Eugène Carrière intégrait en lui d'impérissable et d'immortel.

Pascal FORTHUNY.

J'ai vu Carrière pour la dernière fois la veille de sa mort, Carrière à la fin d'une crise de fièvre, et semblant avoir retrouvé encore un peu de force. Il était, d'esprit, le même qu'avant ce nouvel et rude assaut, qui devait l'achever. Sa résistance était à bout. Il parla comme d'habitude, à voix basse et éloquente. Il me dit ce qu'il avait ressenti, la vie qui s'en allait, qui l'emportait comme avec de grands flots, puis la vie qui revenait, qui le ramenait à la lumière. « C'est magnifique, — me répéta-t-il à plusieurs reprises, — cette sensation du retour !... Je t'expliquerai cela mieux la prochaine fois... Il faut que tu saches cela !... »

Il ne devait pas y avoir de prochaine fois. Le moment venu de le quitter, je le laissai à regret. Je ne pouvais me résoudre à abandonner ce qui restait de ce martyr. Il me rappela pour nous embrasser encore, puis me suivit jusqu'à la porte d'un regard triste et profond que j'ai pour toujours en moi. Mon ami Richardin, avec qui j'étais, eut la même sensation d'un adieu. C'était fini, en effet. Le lendemain, je recevais ce mot : « Eugène Carrière s'est éteint sans souffrances. » Sans souffrances, — mais après plus de trois années où il se voyait s'en aller minute par minute. Depuis le 1er novembre 1905, depuis cinq mois, il ne s'était pas relevé de son lit de douleur. C'est ainsi qu'il eut ses derniers entretiens avec ses amis.

Je ne crois pas qu'il y ait eu jamais spectacle plus triste que celui de cette force qui diminuait chaque jour davantage. Cet homme en pleine possession de son génie d'artiste, en plein exercice de son intelligence, si puissante et si fine, se voyait disparaître vivant. Il était comme un blessé sur un champ de bataille, qui ne peut plus se lever et combattre, qui voit tomber le jour et s'avancer la nuit. Mais quel autre spectacle il donnait en même temps que celui-là! Ce blessé à mort continuait, malgré tout, à prendre sa part de la bataille humaine. Il n'eut pas un abandon de sa pensée, ni un abandon de la pensée des autres. Quand il avait écrit, — car d'abord il dut écrire, et les feuillets crayonnés se succédaient avec une extraordinaire rapidité, — quand il avait écrit, dis-je, en quelques mots brefs, les nouvelles de son état qui lui étaient demandées, il se hâtait de reprendre contact avec l'existence du dehors, jugeant les évènements, affirmant nettement sa pensée à propos de tous les évènements qui chaque jour agitent le monde. Sur la révolution de Russie, sur la politique, sur la misère sociale, sur l'art, il avait le même diagnostic certain qu'aux jours passés.

Il garda ainsi jusqu'à son dernier soupir sa magnifique lucidité, son implacable sens du réel, et aussi son touchant amour de la vie, de la vie telle qu'elle est, de ses duretés, de ses peines cruelles, qu'il acceptait avec la conscience la plus haute, l'esprit le plus résigné. Son livre de chevet, sans cesse ouvert et lu à toute page, était un Marc-Aurèle. Ce grand artiste communiquait à travers le temps avec l'empereur philosophe qui a écrit, sur la douleur soumise à l'esprit, des pages qui auront la même durée que l'humanité pensante.

Grand artiste, il le fut, et il le restera. Il avait entrepris, tout naturellement, de fixer sur ses toiles le poème de la vie, et ce poème, il l'avait pris à son commencement, c'est-à-dire à l'enfance. La nécessité fit que l'artiste, après les premiers tâtonnements de la jeunesse, chercha les modèles de son art auprès de lui : sa femme, ses enfants. Ce fut ainsi qu'il devint instinctivement le peintre de la vérité, en s'emparant de la réalité immédiate, celle qui était à lui. Carrière a développé le thème du premier âge en une série d'œuvres de la plus grande beauté picturale, et aussi de la plus haute valeur savante et philosophique, car tout se confond ici pour s'offrir aux méditations des esprits les plus divers. Il est certain que ces images des premiers mouvements instinctifs et des premières expressions vagues de l'enfance composent d'elles-mêmes un traité de la formation de la chair et de la pensée qui n'est pas sans analogie avec le chapitre de l'*Intelligence* où Taine a étudié, de même, le phénomène de la vie par la formation du langage et de la mémoire. Carrière a voulu cette vérité de la vie, avec sa saveur animale, sa poussée violente, sa volonté obscure, son essor vers la lumière. Les faces d'enfants, les mouvements des mains, l'agitation des corps, disent ce désir avec une rare puissance. Et la grâce est là, incluse, avec le reste. Regardez, et vous la verrez.

Puissance et grâce se sont développées par une suite d'œuvres qui a été, pour Carrière, la continuation logique de l'existence. Ce ne fut même pas un parallélisme : on voit, aujourd'hui, plus nettement que jamais, que pour lui, l'art et la vie se confondaient en une même vision, en un même sentiment. On voit grandir les enfants de ses premières toiles, ils deviennent le jeune garçon, les fillettes, les jeunes filles, les femmes des dernières œuvres, et il se trouve que, par cette histoire d'un groupe familial, l'artiste écrit, du point où il l'aperçoit, une histoire humaine. Par là, il se rattache aux grands peintres qui ont prolongé la vie de ceux qui les entouraient, mais il ne se rattache pas aux peintres qui transposaient la réalité, qui costumaient leurs personnages et les faisaient paraître au centre de mises en scènes ingénues ou théâtrales. Il est de ceux qui ne voulaient rien entre eux et la réalité, qui trouvaient cette réalité suffisamment belle, mystérieuse et grandiose pour vouloir l'exprimer telle qu'ils l'apercevaient.

Il fut ainsi lorsqu'il devint le portraitiste incomparable qu'il a été, un évocateur du dedans par le dehors, de la pensée par la forme. Il semble que la matière des portraits de Carrière soit d'une substance vivante où il y a de la spiritualité. Les fronts pensent, les yeux voient, les bouches avouent des secrets profonds. Une telle œuvre qui raconte l'enfance, la maternité, la jeunesse, et qui définit tant d'êtres, est suffisante pour la gloire d'un artiste. Carrière a pourtant touché d'autres sommets et montré qu'il pouvait s'y tenir. Il a dressé le Christ en héros conscient de son sacrifice. Il a fait son chef-d'œuvre de grande peinture avec le *Théâtre de Belleville,* où il est le peintre du silence et de l'émotion populaires. A travers tout cela, son talent avait évolué. Il avait imposé sa manière de voir les formes à une certaine distance, à travers une atmosphère visble, et peu à peu, il avait représenté ces formes par leurs volumes et leurs nuances jusqu'à leur donner la force et l'équilibre de belles statues.

On verra mieux cette évolution, on suivra la marche victorieuse de ce grand art, s'il est fait un jour une exposition complète de son œuvre. A l'instant où j'écris, toutes les pensées de ceux qui l'ont admiré sont en deuil. Pour ceux qui l'ont connu et aimé, ce deuil sera de toujours. Je ne puis m'empêcher de songer au compagnon d'autrefois, si alerte, de si belle gaîté et de si vif courage, en même temps qu'à l'agonisant d'hier, le corps vaincu par le mal, le visage souriant, l'esprit libre. C'est cet esprit qu'il laisse aux siens, qu'il laisse à ses amis. Gardons-le, avec son souvenir et son exemple.

GUSTAVE GEFFROY.

L'*Aurore.* — 29 Mars 1906.

Carrière se trouvant brosser une étude pour mon portrait, pendant qu'il me faisait poser, je l'interviewais sur la formation de son talent, et voici à peu près ce qui ressortait de ses paroles, coupées par des coups de brosse, donnés comme avec un bâton de chef d'orchestre, coupées par des regards pénétrants, qui me semblaient pomper ma vie.

Une jeunesse passée jusqu'à dix-huit ans à Strasbourg, sans l'ouverture des yeux, sans la fréquentation du musée, sans le regard amoureux sur les tableaux.

Les délicates et mystiques peintures de Martin Schœn, à l'église Saint-Pierre-le-Vieux, il ne s'apercevra de leur présence que lorsqu'il repassera plus tard à Strasbourg. A dix-neuf ans, où son existence est transportée à Saint-Quentin, devant cette salle garnie de haut en bas, de plus de quatre-vingt têtes de La Tour, devant ce stupéfiant musée, paraissant avoir gardé toute vive, contre ses murs, la vie d'une société morte, il y a en lui, pour la première fois, un éveil de peintre jusqu'alors sommeillant et peut-être ces *préparations* d'un des plus grands dessinateurs de la figure humaine, lui inspirèrent l'amour de la *construction*, que, plus tard, il apportera dans ses portraits. Alors l'année qui suit la guerre de 1870, où il est prisonnier en Allemagne, et étudie sérieusement le musée de Dresde, et le *faire* et les procédés des maîtres anciens. Puis encore les années allant de 1872 à 1876, passées à l'Ecole des Beaux-Arts, où il était déjà avant la guerre, années passées là sans grand fruit, sans résultat bien appréciable. Enfin cinq années de retraite, dans un coin perdu, à Vaugirard, où femme et enfants pour modèles, sa vie est une vie de travail du matin au soir, et encore bien avant dans la nuit, une vie de travail acharné, sans trêve, sans repos, avec, en ce travail, quelque chose de passionné, de fiévreux, de jouisseur, qui lui fait dire que, pour lui, travailler, *c'est faire la noce.*

C'est en ce labeur d'intérieur et de famille que s'est formé le talent de Carrière. Là, à Vaugirard, la *Maternité divine*, le motif religieux qui s'étale sur toutes les toiles de la vieille Italie, depuis Cimabué jusqu'à Raphaël, lui, l'a repris et en a fait le sujet bourgeois de la maternité moderne, avec des grandeurs sœurs de l'autre. Certes, ce n'est plus la maternité tranquille et reposée des époques de foi, c'est la maternité du siècle de pessimisme, c'est la maternité aux pensées noires de la mère, appartenant toujours à l'inquiétude et dont les étreintes anxieuses, et l'enroulement inquiet des bras autour du corps de son enfant, semblent perpétuellement en défense contre la maladie et la mort.

EDMOND DE GONCOURT.

Pour exprimer un monde de pensées et de sentiments nouveaux, Eugène Carrière a créé une ambiance idéale, émanée du réel, où la nature se transpose dans tous ses logiques rapports. La fine et trembleuse atmosphère où vivent ses figures, il l'a observée dans les intérieurs parisiens à l'heure où la lumière tamisée assoupit toutes nuances et vient mourir doucement sur les choses. Et c'est aussi le milieu de son rêve, le choix de son esprit, cette harmonie voilée où rien ne s'évapore, où tout s'affine, ce douillet asile où loin de tout contact brutal, au cœur de ses habitudes, se meut la chère vision. Nous ne discutons pas ce qu'on nomme ses partis-pris, reconnaissant dans son œuvre une logique profonde, ne pouvant les concevoir autres, et convaincus que seule cette manière de dire pouvait rendre la subtilité de la pensée, la délicatesse de l'émotion.

Une mère se penche, soutient d'un bras le bébé qui embrasse sa grande sœur; la fillette à genoux, résignée et souriante, les les bras au long du corps, se livre avec un abandon de tendresse à la prise tâtonnante des petites mains, à cette douce violence de caresse. Ainsi rassemblées dans une intime cohésion, les figures se composent d'elles-mêmes suivant de souples inflexions, avec l'harmonieuse beauté des gestes d'instinct où l'artiste qui sait voir et choisir trouve une grâce supérieure aux arabesques préméditées. Une lumière paisible descend sur le groupe et l'enveloppe de ses effluves; elle différencie par de fines valeurs le teint ambré de la mère, les carnations laiteuses de l'enfant, le rose tendre de la fillette et ses cheveux blonds : par d'insensibles dégradations, elle glisse sur le plein des formes, circule en transparence légère dans l'intérieur où s'indiquent les objets familiers. Partout l'œil est accueilli, invité par une induction de mystérieuse douceur. Un charme profond et vrai, de tendresse confiante, habite cette toile d'évidente intimité, et comme dans le *Premier voile,* comme dans toute l'œuvre de Carrière, quelque chose aussi d'infiniment doux et touchant. On dirait une corde qui vibre lentement et sourdement, un rappel de tristesse, l'étreinte douloureuse d'un moment unique et dans la plénitude de l'émotion humaine, un divin désir de larmes. A ce signe, on reconnaît un art nourri de la substance même de la vie, une œuvre où l'homme a mis le meilleur de lui-même, ce qu'il y a de plus doux et de plus puissant dans les passions éternelles, créant, comme les maîtres anciens dans leurs tableaux de sainteté, un admirable symbole de la famille.

La pensée se reporte aux cahiers du peintre, à ce livre de vérité où jour par jour il recueille les impressions de la vie réelle, où s'élabore pour les œuvres futures le tendre, le merveilleux pathétique de l'intimité. On revoit ces gestes augustes de maternité, l'allaitement, la délicate pression des mains qui enveloppent et protègent, les joue-à-joue et les cœur-à-cœur de la mère et du petit, puis le profond sérieux et le comique innocent de l'enfance, ses poses d'attention absorbée, de surprise, ses élans instinctifs, ses désirs impérieux vers les êtres et les choses : l'énergie vitale tout à coup jaillissante, la fusée d'un rire frais comme la naissance d'un monde, l'éveil d'une âme, d'une pensée, d'une songerie, le vif et le sauvage d'un regard de douze ans : et, parmi les jeux, les travaux, les caresses, l'angoisse solennelle d'un jour de fête, cette évocation du fantastique ineffable, de la féerie continue où vivent, aiment et souffrent ces commencements d'âmes environnés de mystères, envolés vers la vie et soudain lourds de pressentiments. On comprend alors ce que l'œuvre de Carrière comporte d'observations accumulées, d'intuition, de pénétration lente : on se dit que cet art si délicat et si plein contient dans son intimité discrète, l'essence de la vie, ses ardeurs joyeuses, ses luttes acceptées, ses douleurs vraies, l'âme d'un homme qui a senti et pensé, le mépris de toute vulgarité et pas un mensonge.

MAURICE HAMEL.

(*Gazette des Beaux-Arts*, Salon de 1889.)

Depuis vingt ans, parmi la cohue infamante des Salons, les tableaux d'Eugène Carrière se sont aristocratiquement différenciés ; à Paris, au dehors, des périodes de labeur ont été maintes fois soumises ; mais les lois de cet art profond et subtil échappent à un interrogatoire intermittent ou partiel. C'est de l'effort envisagé depuis le début et dans son ensemble qu'on doit apprendre l'évolution suivie, le développement parallèle de la maîtrise et de l'esprit, la volonté toujours mieux affirmée de s'émanciper, de s'affranchir, de s'élever aux plus hauts sommet de la pensée. Car l'œuvre est d'un philosophe, d'un poète autant que d'un peintre; la douleur de vivre et d'aimer l'a inspirée; tout y est issu d'une fraternité d'âme en vertu de laquelle Carrière a pu écrire : « Je vois les autres hommes en moi et je me retrouve en eux. » Cependant l'émotion du cœur n'entrave pas l'action du cerveau ; la tendre pitié s'accompagne chez l'artiste de pénétration aiguë. Tel spectacle, de pauvre intérêt semble-t-il, prend une fière signification pour qui sait percer le voile des apparences. L'Ecriture offre à tout instant de ces exemples et, auprès de nous, Michelet, Ibsen, Maeterlinck ne trouvèrent-ils pas dans les plus simples, les plus humbles événements, la matière d'édifiantes leçons ? Eugène Carrière s'apparente à ces grands esprits, et ceux-là seuls le méconnaissent qui dénient à la peinture toute portée suggestive ou dont l'âme trop vulgaire se refuse à la méditation des au-delà.

Pour s'exprimer, Carrière use du dessin, de la couleur, du modelage parfois; d'après ses écrits il n'eût pas assoupli moins victorieusement la forme littéraire à la règle de son génie contemplatif, sentimental, volontaire, — lequel ne dément en rien l'origine alsacienne; c'est le génie d'un réaliste visionnaire, épiant en lui-même le réfléchissement de la vie extérieure. Maurice Barrès a indiqué combien « le rêve et la réalité étaient deux instants de notre vision délicats à délimiter». Carrière déclare, de son côté, « ignorer si la réalité se soustrait à l'esprit, tant il les a toujours sentis unis ». Etudiant, sa dévotion était allée à deux maîtres d'autrefois, entre tous véristes et intellectuels : La Tour et

Vélazquez se révélèrent à lui-même et, malgré les registres de l'École des Beaux-Arts, il s'est bien plutôt prouvé leur élève que le disciple de Cabanel. La contemplation des masques de La Tour, à Saint-Quentin, devait fortifier chez lui le goût des belles constructions sculpturales, et affiner le sens de la divination psychologique. Sans aller en Espagne, ni soupçonner les *Menines*, il suffit à Carrière des ouvrages rencontrés à Paris, à Londres, pour reconnaître en Vélazquez un ancêtre; ils se rattachent bien l'un à l'autre par une noblesse qui atteint spontanément au style et par le recours à l'équivalence morale de l'harmonie et du clair-obscur.

Vous ne constaterez pas chez le peintre les doutes habituels aux débutants; ses aspirations se dégagent sans délai et se formulent sans ambage; il a tôt fait de délaisser l'Ecole, le Prix de Rome; l'humanité l'intéresse, et ce sont des portraits d'amis qui constituent, de 1876 à 1879, ses premiers envois aux expositions; bientôt il s'isole, fonde une famille et ne puise plus qu'au foyer l'inspiration de son œuvre. Autour de lui il observe, il voit sa vie se continuer en d'autres êtres; il se sent revivre en d'autres existences; il s'enthousiasme pour cette renaissance et cet épanouissement; il surprend les beaux gestes qui redoutent et protègent, qui caressent et étreignent; il guette l'éveil de l'instinct et le progrès de la volonté; il lit le livre de la Nature avec des yeux nouveaux, et, mettant à contribution son cœur et sa raison, il découvre la grandeur de la maternité, il sonde l'âme mystérieuse de l'enfance.

Qui veut parcourir le cycle de la peinture familiale doit tout d'abord évoquer les tableaux hier inaperçus ou contestés au Salon, maintenant épars dans les collections, les musées : la *Jeune mère* allaitant le nouveau-né (1879), la *Fillette* s'offrant au baiser de l'aïeul (1880), l'*Enfant malade* (1885), le *Premier voile* (1886), *Intimité* (1889), la *Maternité* du Luxembourg (1892) ; en dehors de ces compositions significatives comme des témoignages, les courtes joies et les affres paternelles se sont encore confiées à d'autres peintures, moindres de format, égales d'intérêt, où s'épand la lourde atmosphère de douleur que Carrière sentit si souvent planer sur les siens. On devine les accents dont ces ouvrages sont redevables à l'expérimentation de la souffrance ; cependant, pour parvenir à dégager le tragique quotidien, il a fallu plus qu'une sensibilité exacerbée, mais une compréhension rayonnante, capable de s'élever des exemples directs aux généralisations de la synthèse. Vous avez cru au spectacle d'étrangères, de particulières aventures ; c'est le drame de votre vie que montrait Carrière, ou plutôt c'est l'histoire même de l'humanité qui se trouve par lui racontée.

L'enquête commencée au foyer se poursuit au dehors. Carrière se mêle au peuple ; il connaît ses douleurs, il l'étudie dans ses plaisirs, violents comme des douleurs ; il devient le peintre du *Théâtre populaire*, où les spectateurs semblent former un seul être et qui met à nu l'âme même de la foule... Confesseur d'humanité, tel encore apparaît Carrière portraitiste. Puisque le cerveau par-dessus tout l'intéresse, doit-on s'étonner qu'il ait désiré le commerce des meilleurs génies et que l'ambition lui soit venue de transmettre à l'avenir mieux que leur ressemblance, la vie de leur esprit? Par l'exaltation des particularités physionomiques, par la saisie du regard, la caractérisation de la main, il initie à l'humeur, au tempérament, au « par dedans moral » d'un Paul Verlaine, d'un Edmond de Goncourt, d'un Puvis de Chavannes, et ses effigies demeurent, avec les bustes de Rodin, les plus intégrales, les plus étonnantes définitions d'êtres pensants éditées en cette fin de siècle. Maintenant, qu'il plaise à Carrière de ne plus isoler le modèle, de le replacer dans l'entour de ses affections, d'installer la joie auprès de la méditation — comme il a fait dans les portraits de Dolent, de Daudet, de Séailles, — ou bien que sa peinture groupe tendrement la famille en un vivant symbole, on le verra inventer des ordonnances imprévues, majestueuses. Toujours il observe la nature et toujours il la dépasse; les modernes et douloureuses sibylles inscrites dans les écoinçons de l'Hôtel de Ville atteignent au surhumain michelangelesque. Avec le contraste de leurs lignes, avec l'arabesque tortueuse de leurs arbres, avec leurs grandes ondulations de sol, indiquées comme les plans de la face, du masque, les paysages de Carrière semblent les décors héroïques du drame humain, et dans ses nus, égaux pour la beauté aux nus du dix-huitième siècle, on dirait que la chair pâlit et s'attriste en expiation des voluptés passées.

« Nous ne valons que ce que valent nos inquiétudes et nos mélancolies, écrit Maurice Maeterlinck. A mesure que nous avançons, elles deviennent plus nobles et plus belles. » Ainsi l'inspiration de Carrière, se haussant sans cesse, l'a conduit par degrés de la famille à la société et à l'Homme-Dieu. Le supplicié dont les bras invoquent le ciel incarne le sacrifice délibérément consenti pour tous, et la plainte murmurée à son cœur, c'est le sanglot éternel de la prière et de la désolation ; en sorte que l'œuvre de deuil et de pitié est encore une « maternité », la plus terrible et la plus émouvante des maternités, celle où la mère, stèle douloureuse appuyée à la croix, pleure pour jamais son enfant et son Dieu.

Cette fois encore, Carrière s'est élevé au symbole par l'intuition de la tendresse, par la vertu de la synthèse, par la puissance de la technique aussi; elle est toujours chez lui telle que la commande une exceptionnelle faculté de généralisation, et nulle part les relations ne s'accusèrent plus étroites, plus voulues, plus nécessaires entre l'idée et l'expression, entre le sentiment et la couleur, entre le drame et l'ambiance. Avec le silence, l'ombre seule peut évoquer le mystère de l'inconnu, les forces invisibles complices de la fatalité; de là vient que les images de Carrière s'échappent de la nuit, comme la vérité se dérobe aux ténèbres. Il faut tenir pour aussi logique la brume qui voile son œuvre de mélancolie ; elle prolonge les impressions optiques, comme les résonances d'un écho ; elle lie le particulier à l'universel ; elle indétermine le sujet et l'incorpore à l'espace sans limites. Les nuances grises, les harmonies subtiles parmi lesquelles le coloriste se joue délicieusement, offrent au regard la douceur d'une caresse alanguie ; mais leur équivoque avertit l'esprit, et rien ne saurait mieux préparer à l'attention solennelle que l'heure élue, que l'instant du crépuscule où l'esprit veille, où les réalités semblent des apparitions évoquées à travers les vapeurs de la lumière mourante.

Carrière continue aujourd'hui Prud'hon, Corot, Daumier, Millet et tous les maîtres hantés par l'ambition de découvrir les liens qui rattachent la vie à ses secrètes origines. Comme eux, il s'est réfugié en lui-même, il a fait appel aux clartés intérieures pour déchiffrer l'énigme célée sous les dehors perçus ; aussi bien sa recherche ne pouvait guère connaître la sérénité d'un constant sourire : elle porte la moderne empreinte de la gravité, et nous ne l'en aimons que davantage de transformer en beauté nos sentiments et nos alarmes ; puis, si Carrière fait toucher le fond de notre misère, c'est par une illusion qui charitablement oppose à notre tourment éphémère l'éternité des espoirs ouverts par l'infini du rêve.

ROGER MARX.

(*L'Image*, H. Floury, éditeur, 1897.)

Le métier de Carrière n'est que son esprit même présent à ce qu'il fait, il est l'expression sensible de ce qu'il a d'original et de passionné, de logique et d'universel.

Quelques critiques, pressés de juger et d'établir leur compétence, affirment que Carrière ne dessine pas : il enfume ses tableaux de parti pris, il noie ses figures dans un brouillard flottant où les lignes oscillent, s'irradient, où les formes se dissipent et s'évanouissent. Voilà qui est bientôt dit : il est plus facile de se débarrasser d'un artiste que de le comprendre. Il importe avant tout de s'entendre sur ce qu'est le dessin. Le dessin est chose moins simple que beaucoup d'honnêtes gens ne l'imaginent. Volontiers on le définit par le contour, par la ligne qui suggère l'image d'un corps en reproduisant sa silhouette. Que ce dessin existe, qu'il réponde aux lois de la vision, il n'y a pas à le nier : la main du peintre ne fait qu'imiter, que suivre le mouvement de l'œil qui, pour s'emparer de la forme, la résume dans les lignes qui la limitent. Mais, en art, de ce dessin ce qui nous intéresse, ce n'est pas la calligraphie déliée, ce n'est pas même l'exactitude mathématique que donnerait bien mieux encore un instrument indifférent et passif, c'est dans la justesse ce que l'artiste sait mettre d'expression, c'est dans l'ondulation de la ligne le frémissement de l'esprit. Tel peintre qui silhouette un grenadier, en commençant par la botte ou par le bonnet à poil, ne sera jamais qu'un illustrateur banal. Que ceux qui parlent de la ligne prennent la peine d'observer avec quelle délicatesse Raphaël la balance, l'équilibre, la plie aux exigences de de son génie; avec quelle violence Michel-Ange l'allonge, la tourmente et l'agite de l'inquiétude des âmes héroïques. Le contour n'est pas le dessin en soi, une entité sacro-sainte; il est un procédé empirique, qui se justifie dans la mesure où il répond aux lois de la vision; sa légitimité, sa valeur artistique reconnue, j'ajoute qu'il a quelque chose d'abstrait : il est un résumé, un schéma, il substitue à la vision intégale un de ses moments, au volume la surface, à l'objet donné sa limite.

Il est des artistes qui, au lieu de traduire la forme par une ligne qui n'en est que l'indication et le résumé, l'abordent directement et la rendent telle qu'elle leur apparaît. Leur dessin plus concret, plus rapproché de la vision réelle, plus complexe, est une construction de l'objet, un effort pour l'établir d'ensemble, en marquant les saillies, les creux et les reliefs. Ils ne partent pas du trait qui n'est, à l'isoler, qu'une abstraction, ils y arrivent comme à la limite du corps qu'ils modèlent; ils ne définissent pas avec plus ou moins de justesse une certaine quantité d'espace pour le remplir de son contenu, ils vont du centre à la périphérie, ils dégagent et précisent la forme par les ombres et les lumières, en la faisant émerger de leurs rapports. Les élèves de David croyaient imiter la statuaire antique par leurs silhouettes linéaires, ils procédaient, à dire vrai, à l'inverse du sculpteur qui voit la forme toute à la fois, en ordonne les diverses parties par un travail simultané et ne réalise la beauté de la ligne que par l'équilibre des masses.

Pour comprendre le dessin de Carrière, il faut avoir regardé ces albums à couverture grise, manié ces feuilles volantes — lettres de faire part, prospectus — qui traînent sur la table de l'atelier, encombrent les tiroirs, s'accumulent dans les cartons, ces « pensers », comme eût dit Watteau, ces pensers du matin et du soir, de toutes les heures de loisirs studieux, où il prépare les œuvres qui prolongent sa vie dans les images qu'elle crée. Ces innombrables croquis au crayon noir, à la sanguine sont les notes rapides où se traduit sa passion d'observateur infatigable. Carrière sait voir ce que nous ne voyons plus à force de le voir, il garde l'étonnement de l'enfant qui rajeunit le spectacle du monde; la vie n'est jamais pour lui quelque chose de banal, d'effacé, elle reste quelque chose d'inconnu, d'inédit, l'objet d'une perpétuelle surprise; il en aime tous les gestes, il l'épie en ces instants où, livrée à son propre entraînement, elle se révèle dans sa vérité, où, libre de tout artifice et de toute contrainte, elle reprend la fraîcheur et comme la nouveauté des choses éternelles. Il saisit d'un œil sûr ces aspects fugitifs de l'être, il les fixe d'une main prompte et passionnée. Ces croquis ne sont que des émotions et des mouvements, une suite de visions rapides où brusquement s'évoquent les très simples images dont la suite compose une existence humaine. Vous y trouverez dans leur franchise tous ces mouvements qui, d'abord instinctifs, accordent la mère et l'enfant jusqu'à en faire un seul être en deux personnes, puis peu à peu les rapprochent par un amour où déjà entrent la conscience et la volonté : une tête se penche dans un élan de tendresse, deux visages se rencontrent dans un baiser, l'enfant s'est endormi dans le berceau des bras maternels; autour de la grande table, sous l'orbe de la lampe, se presse le cercle de famille; résumés en quelques accents, tous les gestes de la vie sont là, ceux de la joie, de la douleur, de l'inquiétude, de la vague rêverie, ceux des humbles occupations domestiques, et ceux aussi des objets familiers qui ont leur langage, parce qu'ils ont leur esprit.

Des mains sans nombre couvrent ces feuillets, vivantes, expressives ; « ces mains, qu'il a délimitées et modelées en quelques coups de crayon, on peut les placer auprès des mains les plus célèbres racontées par les croquis les plus impeccables. Carrière les voit vraiment douées d'une existence spéciale et révélatrices de caractères. Il dit par elles les volontés et les mollesses, les énergies de l'action, les abandons hautains des indifférents, les défaites des résignés. Il en voit de gracieuses, de nobles, d'infiniment touchantes... Il caresse de toute sa délicatesse, des mains potelées d'enfant, des mains fines et rêveuses de femmes. Il est saisi d'un respect attendri devant des mains de vieillesse au repos d'un long travail. » (1)

(1) Gustave Geffroy. *La Vie Artistique*, 1re série, p. 33. « Ah ! des mains, ah, la main ! ce morceau de l'être, qui dit et raconte tant de choses en lui ! des mains, il y en a là, dans les tiroirs, des brassées, — et toujours en la surprise de toute leur éloquente mimique. Car Carrière est un dessinateur passionné de la main, comme l'ont été Watteau et Gavarni. » (E. de Goncourt. Préface de *La Vie Artistique*, 1re série, p. 12.)

Rappelez-vous, dans le Christ en croix, le geste émouvant de la mère, les mains pâles portées à la bouche dont elles compriment le sanglot. L'homme juste a été crucifié, comme il convient, comme tant d'autres, après lui et en son nom, seront torturés et brûlés pour le même crime : sur le fond, dont les ténèbres se confondent avec le ciel, la terre, les monuments des hommes, le corps du crucifié pesant sur les mains que les clous déchirent, se construit d'une pâle lumière; le visage noyé dans l'ombre, mais dont le front s'éclaire, dit la sérénité de celui qui, sachant la sottise et la méchanceté, a choisi de mourir pour ce qui doit être plus fort qu'elles. Auprès de la croix basse qui en le dressant de toute sa hauteur laisse le juste au niveau des hommes, la mère, debout, dans ses vêtements noirs, porte à son visage ses mains croisées par un geste où se marquent la stupeur et la désolation de celle qui ne veut rien savoir que l'immense douleur qui l'accable. Dans le rapprochement de ces deux êtres tient le meilleur de l'humanité : la nature se continue, s'achève par la pensée, la mère par le fils, l'instinctif dévouement par le sacrifice volontaire.

Là-dessus, n'imaginez pas la calligraphie nette et patiente d'un professeur de pensionnat, un contour sec, sans déviation; la ligne mobile frémit, remue, se jette dans la direction du mouvement avec une sorte d'emportement; la forme n'est pas scrupuleusement observée, elle est pliée à toutes les exigences du sentiment, réduite parfois à n'être que le thème expressif, l'arabesque émouvante, dont la vérité idéale porte la nature au delà d'elle-même. La forme de l'arbre dépend des souffles qui l'agitent; elle varie, selon qu'il ondule sous la caresse de la brise, qu'il se courbe tout entier, tronc et feuillage, dans le sens du vent qui le frappe, ou qu'il oscille en tous sens aux chocs contrariés d'un souffle de tempête; ainsi, en ces croquis, se tourmente la forme humaine battue de tous les vents de l'esprit (1). Ces notes, prises par l'artiste au jour le jour, montrent sa curiosité infatigable, l'acuité de son observation, l'ardeur et la sûreté de sa main, ce qu'a de passionné et de réfléchi son émotion devant la nature et devant la vie.

Carrière n'a pas l'œil analytique : il ne construit pas la forme de traits raccordés, il l'embrasse d'un regard comme la courbe d'un dessin ornemental; en présence d'une grappe de raisins, il voit la grappe et non les grains, le tout avant les accidents qui en précisent la vision d'ensemble. S'il note l'attitude d'un enfant, qui, le soir, s'est endormi sur la table, la tête dans ses bras, il ne décompose pas l'image, il la voit toute à la fois comme un fruit, une fleur; il découvre d'abord la ligne générale qui comprend toutes les autres lignes, il l'établit et y subordonne le reste; il va de la main, saisie dans la loi de la forme, aux doigts qui l'achèvent; s'il regarde une mère allaitant son enfant, il ne distingue pas deux êtres

(1) « Insistez sur les traits dominants du modèle, disait Ingres lui-même, exprimez-les fortement, poussez-les, s'il le faut, jusqu'à la caricature, je dis caricature afin de mieux faire sentir l'importance d'un principe si juste. »

qu'un hasard rapproche, il aperçoit l'unité de l'arabesque qui, de ces deux êtres, que traverse un même sentiment, pour un instant compose une forme unique et comme naturelle. Rien n'est plus propre à montrer ce qu'il y a dans l'esprit de Carrière d'original, d'individuel, d'incommunicable parfois, que ces synthèses hardies où la forme simplifiée, par le sentiment, n'en est plus que le signe expressif; mais, jusque dans ces audaces, vous trouverez le souci de la loi, la recherche de l'essentiel, le goût de la vérité profonde, l'intelligence qui domine la réalité à force de la comprendre.

Si ces croquis ont parfois leur intérêt en eux-mêmes, ils ne sont que des notes, des documents, les éléments patiemment amassés de l'œuvre qui en donnera le sens véritable. Carrière n'est ni un nerveux, ni un agité; il est robuste, de tempérament rassis, plein de sens; il aime l'universel; il est convaincu qu'il y a dans les choses une logique souveraine que la pensée doit accepter librement comme sa propre loi. Le même amour de la vérité qui fait passer dans ses croquis le frémissement et les palpitations de la vie, l'attache aux lois réelles que les accidents dissimulent sans s'y soustraire. S'il est vrai que la forme, à parler strictement, n'existe pas, qu'instrument de la vie, toujours modifié par les mouvements de la passion et de la volonté, elle se présente sous un nombre infini d'aspects, il n'est pas moins vrai que, sous tous ces aspects, elle se retrouve et se reconnaît. Si variées que soient les attitudes que lui impose l'esprit, le corps est une machine, il a ses pièces articulées, dont le nombre, la structure et les rapports définissent avec une inexorable rigueur les limites entre lesquelles il peut être transformé par l'action.

Carrière est trop sincère et trop réfléchi pour s'en tenir à l'apparence, pour peindre d'un corps ce qu'en saisit d'abord un œil superficiel et prompt; il est préoccupé avant tout de ce qui explique ce qu'on voit, de ce qui détermine les plans, les creux et les reliefs, des masses solides, des substructions osseuses; le corps sans poids ni profondeur n'est plus qu'un fantôme incapable de vie. « J'ai remarqué chez Vélazquez, me disait-il un jour, plus encore peut-être chez le Vinci, que les traits du visage, les yeux, le nez, la bouche sont préparés par ce qui les entoure, par l'arcade sourcilière, les pommettes, les mâchoires; ils ne seraient pas là, on les devinerait. Ces traits sont comme un sommet, on y arrive par ce qui y mène; isolés, ils perdent leur sens, n'étant pas attendus comme dans la nature. Les imbéciles qui se jettent sur les yeux, le nez, la bouche, sont des gens qui veulent ouvrir les fenêtres avant d'avoir élevé le mur. » Carrière n'est pas de ces architectes chimériques : il établit d'abord les dessous solides, la charpente osseuse; il dresse le front, derrière lequel se passent tant de choses, sculpte son relief et ses bosses; il construit l'arcade sourcilière, les pommettes, l'arête du nez, l'os des mâchoires; sur ces fortes assises, lentement édifiées par les ancêtres et qui trahissent du caractère ce qui ne change pas, il tend les muscles mobiles que toute émotion met en jeu, les paupières, les joues, les ailes du nez, les lèvres, toutes ces parties frémissantes au moindre choc, qui disent tout à la fois le sentiment momentané par leurs contractions passagères et la destinée par leurs habitudes.

C'est surtout dans ces préparations au brun, dans les portraits qu'il se plaît à modeler de son libre pinceau avec l'ombre et la lumière, que Carrière révèle son art de faire sentir, dans le masque en relief, les dessous résistants, de relier la construction savante à l'expression morale. Etudiez encore les lithographies où il a représenté quelques hommes célèbres de ce temps. Pâle, émergeant du fond sans violence, la tête d'Alphonse Daudet garde dans sa mélancolie l'élégance de sa forme heureuse; Verlaine, dans une clarté dorée, étale sa face paradoxale, où l'homme et la bête se mêlent si curieusement; le crâne chauve, le front très haut mais serré aux tempes et comme soudé trop vite, la fente des yeux bridés, sans paupières, que l'orbite écrase, le nez camus, la pommette saillante que l'ombre souligne, la bouche devinée sous la grosse moustache aux poils jaunis; la construction forte garde l'inachevé de l'enfance, et, par son manque d'ordre, de symétrie, trahit l'âme trouble, multiple, qui livra le poète tour à tour ou « parallèlement » à l'erreur et au repentir.

La lithographie d'Henri Rochefort n'est pas d'une facture aussi simple; l'exécution, inquiète, tourmentée, comme discordante, se plie au caractère du modèle. Carrière a peint le pamphlétaire, l'homme de combat, qui, d'instinct, adapte au milieu démocratique, les traditions des grands seigneurs qui tenaient campagne contre les gens du roi et faisaient les routes peu sûres.

Tout autre est la belle image du sculpteur Rodin; la construction savante distingue et relie les plans du visage; l'arcade sourcilière puissante, d'où se détache l'arête du nez recourbé, continue les bosses du front, se prolonge par les pommettes; un pli dédaigneux avance la lèvre inférieure; la barbe descend en ondes qui se perdent dans l'ombre. On dirait, sculptée par la main de Michel-Ange, dans le roc, la tête d'un faune sérieux où l'âme de la nature arrive à la conscience d'elle-même, et le souvenir s'éveille des groupes où l'artiste a modelé, dans ses marbres frémissants, les ivresses, les angoisses, les terreurs du mystérieux amour qui se prend pour la recherche du bonheur.

Ainsi Carrière ne voit pas une tête ou un corps comme des surfaces, il n'en copie pas l'apparence scrupuleusement; il les voit d'ensemble, dans leur unité, dans la loi de leur structure, et il subordonne tous les détails au plan supérieur qui les domine. Le même esprit de synthèse qui dans ses croquis ne laisse de la forme que ce qu'elle a d'expressif, la lui fait rétablir dans tous ses droits, quand il arrive à l'œuvre définitive. Dans ses tableaux, où il est vraiment lui-même, le dessin est fait de ces deux éléments: justesse expressive, construction savante; vous y trouverez la fougue intérieure qui agite ses esquisses, le mouvement passionné, le geste où tout l'être se projette, mais l'action est contenue dans les limites de la forme qui, en l'arrêtant, ajoutent à l'impression de la force qui les voudrait franchir. Le talent de Carrière harmonise ces dons en apparence contraires : sensibilité ardente et intelligence lucide, passion et logique, élans soudains et volonté tenace.

GABRIEL SÉAILLES.

L'art subtil et profond de Carrière, tout d'abord compris par un petit groupe d'élite, a vu progressivement le nombre de ses admirateurs grandir jusqu'à devenir légion.

Beaucoup, en effet, ont appris peu à peu à regarder une œuvre d'art, à ne plus se contenter d'un coup d'œil distrait pour juger une toile et à ne plus s'en détourner avec indifférence sous le prétexte que la technique du peintre diffère de celles auxquelles nos yeux sont habitués.

Iniquité qui condamne les novateurs à ces jugements sommaires de la foule que revisent, heureusement, quelques libres esprits.

Or, regarder une œuvre de Carrière avec l'attention qu'elle mérite, c'est la comprendre, c'est l'aimer, c'est en être épris jusqu'à l'obsession et si jamais un grand artiste a été compris et expliqué avec une émouvante sincérité et avec une claire éloquence par quelques-uns, c'est bien celui-ci, n'en déplaise à Degas qui, dans une boutade célèbre, affirme que « la littérature explique la peinture sans la comprendre ».

En contemplation devant une de ces merveilleuses têtes d'expression qui constituent le summum de l'art de Carrière, et comme l'aboutissement logique de son génie, un raffiné d'art me disait : « Devant une telle œuvre, j'ai plaisir, d'habitude, à détailler mon admiration et à essayer de la faire partager aux autres par des mots.

« Ici, en présence d'une de ces œuvres si prenantes qu'on ne saurait s'en détacher, je sens naître en moi tout un monde de pensées qui semblent jaillir de « l'invisible » et de « l'inexprimable » — pourtant exprimé sur la toile.

« On comprend à merveille, on est ému jusqu'au fond de l'âme, on voudrait traduire cette émotion par des mots qui n'aient jamais servi — et l'on se tait. »

Devant une magnifique œuvre d'art, le silence est peut-être le mode le plus complet de l'admiration.

ADOLPHE TAVERNIER.

On n'entre pas comme on veut dans son œuvre.

Tout y est concentré, recueilli et subtil. C'est un art de méditatif et de penseur, non d'amuseur public. Il ne travaille pas pour les foules, mais pour lui. Le gain lui est indifférent, et le succès. Il a creusé son sillon lentement, à l'écart. Il a connu jadis, comme tout homme qui exerce par inclination naturelle un métier, la joie de peindre pour peindre. Il a consacré la première partie de son existence à des recherches où rien de ce qui le caractérise aujourd'hui ne s'annonçait, où son ambition n'allait pas plus loin que le morceau. Le premier devoir, en effet, d'un artiste est de conquérir l'habileté dans la pratique de son art. Le pianiste, à ses débuts, se fait des doigts, pour n'être arrêté plus tard, quand il interprétera un morceau, par aucune difficulté de mécanisme. Il en est de même du peintre.

Avant d'interpréter, avant d'exprimer son sentiment personnel sur la vie, il tend, de tout son effort, à la traduire dans le détail avec exactitude, à la rendre avec souplesse, avec force et avec de beaux effets de couleur, dans des morceaux bien enlevés. C'est à ce dur labeur, qui trouve sa récompense en lui-même, que Carrière a employé, comme tant d'autres, ses années de jeunesse.

Les travaux par lesquels il s'est signalé au cours de cette période de début l'avaient mis en vedette. C'étaient de petites scènes de genre, dont les motifs étaient tirés de sa vie familiale, des natures mortes, des études de nu, des portraits. Ces morceaux sans prétention, non sans art, plaisaient par le ragoût de leurs tons, par la délicatesse mêlée d'énergie de leur facture, par la distinction, naïvement raffinée, de l'arrangement. L'artiste, en s'y bornant, eût capté le succès. Sa peinture avait des amateurs; elle en eût recruté tous les jours davantage. D'autres se seraient contentés, en exploitant leur marque, de faire prospérer doucement leur négoce. Carrière ne vit là qu'un point de départ et tourna le dos, délibérément, à la foule.

Mille raisons l'y poussaient, toutes déterminantes. Son cerveau avait des besoins impérieux. Son éducation première ayant été négligée, il en avait comblé les trous, un à un, par des lectures réfléchies, par des conversations sérieuses, entre intimes, et cette habitude de se replier ainsi sur lui-même, de se concentrer pour mieux s'expliquer le pourquoi et le comment des choses l'avait conduit à méditer longuement sur la vie, à la dégager, pour en trouver le sens caché, du mensonge de ses manifestations extérieures. Il la vit telle qu'elle est : une lutte incessante, meurtrière, d'appétits dissimulés avec plus ou moins d'adresse chez les faibles, grossièrement ou cyniquement étalés chez les forts. Il la vit compliquée, par surcroît, de la souffrance physique, harcelée par la maladie, guettée par la mort, et il comprit que le seul refuge pour l'homme était dans la tendresse.

Tendresse d'abord pour les siens. Pitié infinie pour la femme qui enfante dans la douleur, qui nourrit de sa propre substance l'enfant, et dont l'amour passionné pour l'enfant garde, au milieu des caresses les plus douces, je ne sais quoi d'inquiet, de jaloux, d'alarmé. Pitié aussi pour les petits êtres issus de soi, et qu'on voudrait heureux ! Mais leur destinée reste, hélas, un problème dont le souci, avec tout ce que nous savons de la vie, nous dévore.

De là ces groupes de famille si touchants dans leur simplicité, ces *Maternités* quasi douloureuses dont le Luxembourg a un échantillon si complet, mais qui devaient, par la suite, se succéder de plus en plus pathétiques, de plus en plus dépouillées des vivacités de ton de la couleur, de plus en plus ramassées et fortes dans l'expression d'un sentiment où l'angoisse, l'amour et la pitié se confondent.

Cette conception de la vie devait avoir pour aboutissement naturel la tendresse pour les autres. Ce qu'on souffre ou ce qu'on redoute de souffrir pour soi-même, on ne l'envisage pas avec indifférence chez autrui; on prend sa part, peu à peu, de la souffrance et de la misère humaines — et c'est pourquoi Carrière a tenté son interprétation à lui du drame du Calvaire. A droite et à gauche, le disciple aimé, les saintes femmes, avec des enfants à leurs côtés. Au milieu le supplicié, dont les livides blancheurs transparaissent à travers les brumes du soir, et dont l'agonie est poignante. C'est bien là, pour Carrière, le couronnement logique de son œuvre, — toute la misère humaine retracée en une épave sublime.

THIÉBAULT-SISSON.

Extrait d'un article du *Temps* sur l'Exposition Carrière dans la Galerie Bernheim jeune.

CATALOGUE

1. — L'ENTENTE CORDIALE.

Cette composition est l'étude à grande échelle du menu que signa l'artiste pour le Banquet de " l'Entente Cordiale" offert, à Paris, le 26 novembre 1903, aux membres délégués du Parlement anglais.

Toile. — Haut., 74 cent. ; larg., 60 cent.

Le menu portait la mention :

« *Au vingtième siècle, la France déclarera la Paix au Monde.* »

Michelet.

2. — JEUNE FILLE AVEC RUBAN DANS LES CHEVEUX.

Toile. — Haut., 82 cent. ; larg., 61 cent.

3. — ÉTUDE POUR LA "JEANNE D'ARC".

Toile. — Haut., 62 cent. ; larg., 51 cent.

4. — JEUNE FILLE VUE DE FACE.

Toile. — Haut., 56 cent. ; larg., 46 cent.

5. — TÊTE DE FILLETTE VUE DE TROIS-QUARTS.

Toile. — Haut., 46 cent. ; larg., 39 cent.

Signé à gauche en bas : Eugène Carrière.

6. — SOMMEIL.

Toile. — Haut., 39 cent. ; larg., 56 cent.

7. — LA COIFFURE.

Toile. — Haut., 39 cent. ; larg., 47 cent.

8. — FIGURE DEBOUT.

Toile. — Haut., 50 cent. ; larg., 25 cent.

9. — FILLETTE DE FACE.

Toile. — Haut., 47 cent. ; larg., 39 cent.

10. — PORTRAIT D'HENRI ROCHEFORT.

Toile. — Haut., 47 cent. ; larg., 39 cent.

Au dos, la mention :

Grisaille, Henri Rochefort : n° 75.

Signé à droite en bas : Eugène Carrière.

11. — JEUNE FILLE AUX CHEVEUX DÉNOUÉS.

Toile. — Haut., 47 cent. ; larg., 39 cent.

12. — TÊTE DE JEUNE FILLE VUE DE TROIS-QUARTS.

Toile. — Haut., 47 cent. ; larg., 39 cent.

13. — PORTRAIT DE FEMME AUX BANDEAUX.

Toile. — Haut., 47 cent. ; larg., 39 cent.

14. — COQUETTERIE.

Toile. — Haut., 74 cent. ; larg., 93 cent.

15. — TÊTE PENCHÉE.

Toile. — Haut., 41 cent.; larg., 34 cent.

16. — EN SONGERIE. — PORTRAIT.

Toile. — Haut., 41 cent.; larg., 34 cent.

17. — PORTRAIT.

Toile. — Haut., 41 cent.; larg., 34 cent.

18. — ATTENTIVE.

Toile. — Haut., 41 cent.; larg., 34 cent.

19. — LA DORMEUSE AU BRACELET.

Toile. — Haut., 34 cent.; larg., 41 cent.

20. — LA LECTURE.

Toile. — Haut., 41 cent.; larg., 34 cent.

21. — TÊTE DE FEMME.

Toile. — Haut., 41 cent.; larg., 34 cent.

22. — L'ENFANT AU SEIN.

Toile. — Haut., 34 cent.; larg., 41 cent.

Signé à droite en bas : Eugène Carrière.

23. — TÊTE DE JEUNE FEMME, VUE DE PROFIL.

Toile. — Haut., 41 cent.; larg., 34 cent.

24. — JEUNE FILLE AU COU NU.

Toile. — Haut., 41 cent.; larg., 34 cent.

25. — JEUNE FILLE AU RUBAN (PROFIL).

Toile. — Haut., 41 cent.; larg., 34 cent.

26. — CARESSES D'ENFANT.

Toile. — Haut., 41 cent.; larg., 34 cent.

27. — GOURMANDISE.

Toile. — Haut., 41 cent.; larg., 34 cent.

28. — LE PREMIER PAS.

Toile. — Haut., 41 cent.; larg., 34 cent.

Signé à gauche en bas : Eugène Carrière.

29 — LE PREMIER ÉLAN.

Toile. — Haut., 34 cent.; larg., 41 cent.

Signé à droite en bas : Eugène Carrière.

30 — PREMIER DIALOGUE.

Toile. — Haut., 34 cent.; larg., 41 cent.

Signé à gauche en haut et en bas : Eugène Carrière.

31. — TÊTE D'ENFANT (VUE DE FACE).

Toile. — Haut., 41 cent.; larg., 34 cent.

32. — RODIN.

Toile. — Haut., 41 cent.; larg., 34 cent.

33. — PROFIL DE FILLETTE.

Toile. — Haut., 35 cent.; larg., 28 cent.

34. — TÊTE DE JEUNE FILLE (GRISAILLE).

Toile. — Haut., 35 cent.; larg., 28 cent.

35. — REPOS.

Toile. — Haut., 28 cent. ; larg., 35 cent.

36. — LA RÉFLEXION.

Toile. — Haut., 35 cent. ; larg., 28 cent.

37. — EN TOILETTE DE VILLE.

Toile. — Haut., 35 cent. ; larg., 28 cent.

38. — PORTRAIT SUR FOND CLAIR.

Toile. — Haut., 33 cent. ; larg., 25 cent.

39. — TÊTE (VUE DE TROIS-QUARTS).

Toile. — Haut., 42 cent. ; larg., 33 cent.

40 — L'ENFANT A LA BAVETTE.

Toile. — Haut., 42 cent. ; larg., 33 cent.

41 — PAYSAGE EN SUISSE.

Toile. — Haut., 28 cent. ; larg., 43 cent.

Signé à droite en bas : Eugène Carrière.

42. — LES BORDS DE LA MARNE.

Toile. — Haut., 34 cent. ; larg., 42 cent.

Signé à droite en bas : Eugène Carrière.

43. — ÉTUDE D'ARBRES.

Toile. — Haut., 53 cent. ; larg., 45 cent.

Signé à gauche en bas : Eugène Carrière.

44. — SCÈNE MATERNELLE.

Toile. — Haut., 34 cent. ; larg., 42 cent.

Signé à droite en bas : Eugène Carrière.

45. — PORTRAIT DE FEMME, VUE DE FACE.

Toile. — Haut., 38 cent. ; larg., 30 cent.

Exposition de Bordeaux 1900, n° 216.

Signé à gauche en bas : Eugène Carrière.

46. — LE SOMMEIL DE L'ENFANT.

Toile. — Haut., 64 cent. ; larg., 53 cent.

Signé à droite en bas : Eugène Carrière.

47. — LES BAGUES.

Toile. — Haut., 47 cent. ; larg., 39 cent.

Signé à gauche en bas : Eugène Carrière.

48. — REPOS.

Toile. — Haut., 43 cent. ; larg., 35 cent.

Signé à gauche en bas : Eugène Carrière.

49. — PORTRAIT DE JEUNE FILLE.

Toile. — Haut., 43 cent. ; larg., 33 cent.

Signé à droite en bas : Eugène Carrière.

50. — PORTRAIT D'ENFANT.

Toile. — Haut., 47 cent. ; larg., 37 cent.

Signé à droite en bas : Eugène Carrière.

51. — RECHERCHE POUR LE PORTRAIT DE « Mme GABRIEL SÉAILLES ET SA FILLE. »

Toile. — Haut., 56 cent. ; larg., 47 cent.

52. — PORTRAIT DE M. MANZI.

Toile. — Haut., 41 cent. ; larg., 32 cent.

53. — PORTRAITS DE M. & Mme G.

Toile. — Haut., 39 cent. ; larg., 47 cent.

54. — ÉTUDE POUR PORTRAITS.

Toile. — Haut., 47 cent. ; larg., 39 cent.

55. — FEMME ASSISE.

Toile. — Haut., 46 cent. ; larg., 36 cent.

Signé à droite en bas : Eugène Carrière.

56. — ÉTUDE POUR PORTRAIT.

Toile. — Haut., 47 cent. ; larg., 39 cent.

57. — PORTRAIT DIT « A LA BRODERIE ».

Toile. — Haut., 39 cent. ; larg., 32 cent.

Le dessin au crayon de cette toile a été offert par M. Pontremoli au Musée du Luxembourg.

58. — JEUNE FEMME ACCOUDÉE.

Toile. — Haut., 47 cent. ; larg., 39 cent.

Signé à droite en bas : Eugène Carrière.

59. — LE BIBERON.

Toile. — Haut., 34 cent. ; larg., 42 cent.

60. — MÈRE ET ENFANT.

Toile. — Haut., 42 cent. ; larg , 34 cent.

61. — LE BAISER FILIAL.

Toile. — Haut., 34 cent. ; larg., 33 cent.

Signé à gauche en bas : Eugène Carrière.

62. — ÉTUDE. — TÊTE DE FEMME.

Toile. — Haut., 46 cent. ; larg., 38 c. 1/2.

63. — FEMME PLIANT SA SERVIETTE.

Toile. — Haut., 46 cent. ; larg., 36 cent.

Signé à droite en bas : Eugène Carrière.

64. — ÉTUDE POUR PORTRAIT.

Toile. — Haut., 39 cent. ; larg., 47 cent.

65. — LE BAISER MATERNEL.

Toile. — Haut., 42 cent. ; larg., 34 cent.

66. — BAISER.

Toile. — Haut., 47 cent. ; larg., 38 cent.

67. — ÉTUDE POUR LE « THÉATRE DE BELLEVILLE ».

Toile. — Haut., 51 cent. ; larg., 62 cent.

68. — LA FEMME AU BRACELET.

Toile. — Haut., 42 cent. ; larg., 34 cent.

69. — SCÈNE D'INTÉRIEUR.

Toile. — Haut., 37 cent. ; larg., 46 cent.

Signé à gauche en bas : Eugène Carrière.

70. — EN SONGERIE.

Toile. — Haut., 41 cent. ; larg., 27 c. 1/2.

71. — ÉTUDE.

Toile. — Haut., 42 cent. ; larg., 33 cent.

Signé à gauche en bas : Eugène Carrière.

72. — FEMME EN NOIR DECOLLETÉE.

Toile. — Haut., 45 cent. ; larg., 35 cent.

Signé à gauche en bas : Eugène Carrière.

73. — ÉTUDE POUR PORTRAIT.

Toile. — Haut., 39 cent. ; larg., 46 cent.

74. — LA FEMME AU COLLIER DE PERLES.

Toile. — Haut., 46 c. 1/2 ; larg., 38 c. 1/2.

75. — JEUX AUTOUR DE LA TABLE.

Toile. — Haut., 34 cent. ; larg., 41 cent.

76. — ENFANTS JOUANT.

Toile. — Haut., 32 cent. ; larg., 40 cent.

Signé à gauche en bas : Eugène Carrière.

77. — PORTRAIT DU DOCTEUR GORODISCHZE.

Toile. — Haut., 47 cent. ; larg., 39 cent.

78. — PORTRAIT D'HOMME.

Toile. — Haut., 56 cent. ; larg., 38 c. 1/2.

79. — PORTRAIT DE M. VALADON.

Toile. — Haut., 41 cent. ; larg., 33 cent.

80. — LES JEUNES FILLES PENSIVES.
1er Panneau — Une figure.

Toile. — Haut., 2 m. 55 ; larg., 76 cent.

81. — LES JEUNES FILLES PENSIVES.
2e Panneau — Une figure.

Toile. — Haut., 2 m. 55 ; larg., 76 cent.

82. — LA PRIÈRE.

Toile. — haut., 2 m. 02 ; larg., 1 m. 01.

Cette composition devait participer à un ensemble dont la partie principale est "Le Christ" qui figure au Luxembourg.

83. — PORTRAIT EN PIED DE Mme EUGÈNE CARRIÈRE.

Toile. — Haut., 2 m. 09 ; larg., 1 m. 15.

84. — EN ROBE DE BAL.

Toile. — Haut., 1 mètre ; larg., 82 cent.

85. — PORTRAIT DE M. METCHNIKOFF.

Toile. — Haut., 60 cent. ; larg., 51 cent.

86. — JEUNE FILLE ENDORMIE SUR L'ÉPAULE DE SA MÈRE.

Toile. — Haut., 46 cent.; larg., 56 cent.

87. — PORTRAIT DU Lt-COLONEL PICQUART.

Toile. — Haut., 62 cent. ; larg., 51 cent.

88. — RECHERCHE POUR LE "THÉATRE DE BELLEVILLE" (Trois figures).

Toile. — Haut., 51 cent. ; larg., 62 cent.

89. — PORTRAIT DE Mlle BRÉVAL.

Toile. — Haut., 65 cent. ; larg., 55 cent.

90. — AVANT LE SOMMEIL.

Toile. — Haut., 65 cent.; larg., 55 cent.

91. — LE BAISER MATERNEL.

Toile. — Haut., 55 cent.; larg., 65 cent.

92. — JEUNES FILLES ENDORMIES.

Toile. — Haut., 55 cent.; larg., 65 cent.

93. — LA JEUNE FILLE A LA POMME.

Toile. — Haut., 74 cent.; larg., 60 cent

94. — L'ÉTREINTE MATERNELLE.

Toile. — Haut., 55 cent.; larg., 34 cent.

95. — LA PEINTURE.

Toile. — Haut., 1 m. 06; larg., 1 m. 32.

Signé à gauche en bas: Eugène Carrière.

Œuvre ayant figuré à l'Exposition de 1900 (Décennale), à l'Exposition universelle de Liège (1905), à la Sécession de Berlin en 1906.

96. — LA GRANDE SŒUR.

Toile. — Haut., 1 m. 31 ; larg., 1 mètre.

97. — MÉLANCOLIE.

Toile. — Haut., 60 cent. ; larg., 81 cent.

98. — JEUNE FILLE APPUYÉE SUR SA MAIN.

Toile. — Haut., 46 cent. ; larg., 56 cent.

99. — PORTRAIT D'EDMOND DE GONCOURT.

Toile. — Haut., 1 m. 18 ; larg., 85 cent.

MODERNE IMPRIMERIE

9, rue Abel-Hovelacque

PARIS

www.ingramcontent.com/pod-product-compliance
Ingram Content Group UK Ltd.
Pitfield, Milton Keynes, MK11 3LW, UK
UKHW020353180726
13839UKWH00003B/1078